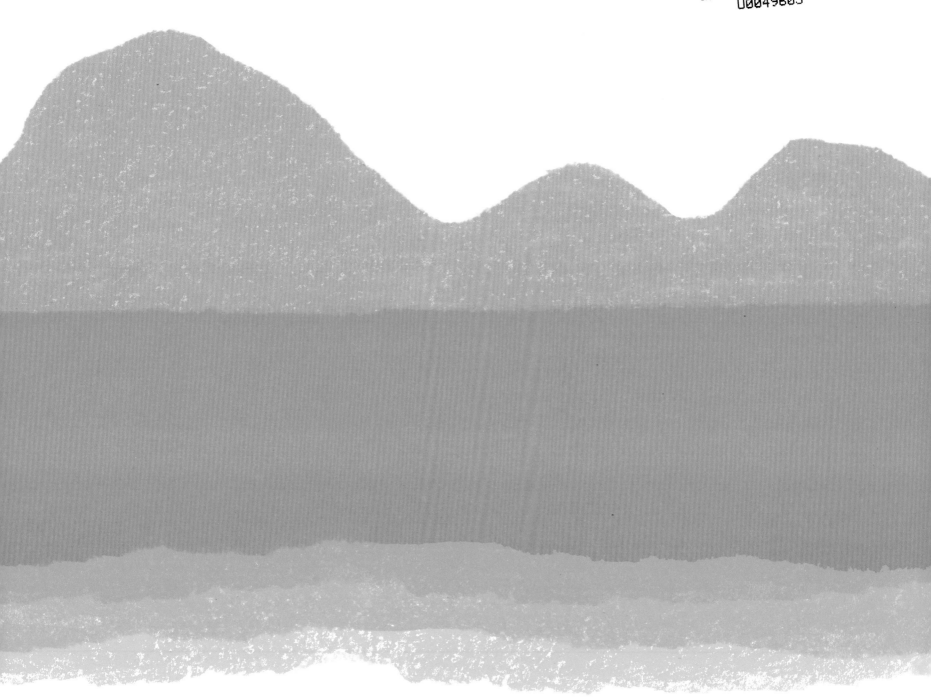

作者 **柳多情** 유다정

大學主修韓國文學，在「童書作家教室」學習兒童文學。2005年獲得韓國「創評 (Changbi) 優良童書」企畫類特等獎。著有《我應該教吐瓦魯游泳！》、《美人魚能在石油海洋中呼吸嗎？》、《我想去找我爸爸》、《鱷魚消失在一個名牌包裡》、《世界上的符號》等（以上皆為暫譯）。

繪者 **李明愛** 이명애

大學主修東洋畫，經常透過繪畫與孩子們交流。自寫自畫的繪本創作有《塑膠島》（字畝文化出版），受到廣大回響，獲得多項圖書獎項。插畫的繪本作品包含《如果聖誕老人是我爺爺》（暫譯）、《我的鼻屎爺爺》（時報出版）、《我就是想贏！輸贏真的那麼重要？》（童夢館出版）等。

環境繪本《塑膠島》榮獲布拉迪斯國際插畫雙年展 (BIB) 金牌獎。兩度入選波隆那插畫展年度插畫家，並獲韓國NAMI國際繪本大賽（Nami Concours）銀獎。

譯者 **蘇懿禎**

日本女子大學兒童文學碩士，目前為東京大學教育學博士候選人。研究兒童文學、兒童閱讀，並從事圖畫書翻譯和繪本講座舉辦與演說，為資深兒童文學工作者，曾擔任高雄市立圖書總館童書顧問，與新北市、臺南市立圖書館兒童書區顧問。

求學期間，意外發現繪本的美好與魔力，於是投入圖畫書之海，挖掘更多驚喜與美，至今不輟。相當熱愛富有童趣又不失深邃文字和圖像的繪本，積極推廣各種風格且極具美感、受孩子喜愛也令孩子著迷的故事，更努力把繪本裡的美好介紹給更多大人。經營臉書粉專「火星童書地圖」，專業且極具人氣！

國家圖書館出版品預行編目(CIP)資料

水獺的家怎麼了？／柳多情 作；李明愛 繪；蘇懿禎 譯.-- 初版.-- 新北市：字畝文化出版：遠足文化事業股份有限公司發行, 2023.09
40 面；26.5×22.8 公分
譯自：초록 강물을 떠나며
ISBN 978-626-7365-11-3（精裝）

862.599　　　112013801

特別聲明：有關本書中的言論內容，不代表本公司/出版集團之立場與意見，文責由作者自行承擔。

Thinking 085

水獺的家怎麼了？ 초록 강물을 떠나며

文｜柳多情　　圖｜李明愛　　譯｜蘇懿禎

字畝文化創意有限公司

社長兼總編輯｜馮季眉
責任編輯｜戴鈺娟
主編｜許雅筑、鄭倖仔
編輯｜陳心方、李培如
美術設計｜蕭雅慧

出版｜字畝文化/遠足文化事業股份有限公司
發行｜遠足文化事業股份有限公司（讀書共和國出版集團）
地址｜231 新北市新店區民權路108-2號9樓
電話｜(02)2218-1417　傳真｜(02)8667-1065

客服信箱｜service@bookrep.com.tw
網路書店｜www.bookrep.com.tw
團體訂購請洽業務部(02)2218-1417　分機 1124
法律顧問｜華洋法律事務所　蘇文生律師
印製｜通南彩色印刷有限公司

2023年9月　初版一刷
定價｜350元　書號｜XBTH0085
ISBN｜978-626-7365-11-3
EISBN｜9786267365120 (PDF)　9786267365137 (EPUB)

水獺的家怎麼了?

文／**柳多情** 유다정　圖／**李明愛** 이명애

譯／**蘇懿禎**

在翠綠樹木茂密生長的山腳下，有一個小山洞。
小山洞裡住著一對水獺。
山下流淌的大河，是他們捕捉獵物的好地方。
在急流裡玩耍，最好玩了！

白天， 兩隻水獺在山洞裡睡覺，
或是到河邊的沙灘上，
做個暖暖的日光浴。
晚上， 他們滑進河裡，
用優美的泳姿在河裡嬉戲。

肚子餓了就捉魚，
大口大口的飽餐一頓。
「啊，好幸福啊！」
水獺非常喜歡這裡。

有一天，水獺和往常一樣，在沙灘上晒太陽，
卻發現冒著白色泡沫的水，「噗嘟噗嘟」的流入清澈的河流。
他們走近一看，甚至聞到了一股難聞的氣味。
「這水到底是從哪裡流出來的？」
兩隻水獺決定跟著泡泡，向上找出源頭。

「原來是從那些剛剛建好的工廠流出來的。」
「我討厭河被弄髒。我們該怎麼辦？」
兩隻水獺悶悶不樂的回家了。

幸好這不是什麼大問題，
河水流得很快，泡沫很快就被沖走了。

碰咚！碰咚！
嘩啦啦啦，碰咚！
「哎呀，這是什麼聲音？」
兩隻正要睡覺的
水獺嚇了一跳，
決定去看看聲音
是從哪裡來的。

「大石頭正在往下滾！」
河的一邊被不斷滾下的石頭擋住了。
「水道改變了，開始施工吧。」人們說著，
他們在水流被截斷的河道，不停的向下挖。

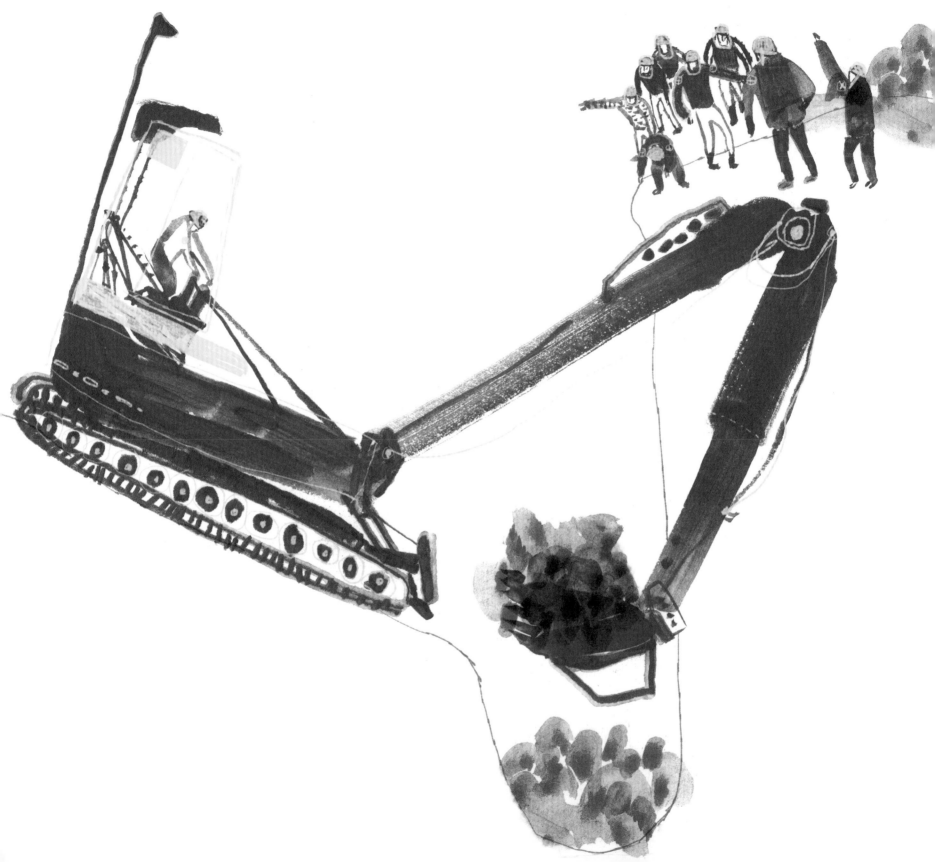

人們一直挖，一直挖，直到露出堅硬的岩石，
然後在裸露的岩石上架起了板模。
接著，他們開來水泥車，往板模倒下混凝土。
一天，兩天，三天……
工程持續了很多天。
每晚，兩隻水獺都到河邊覓食，
他們只能眼睜睜看著河流的樣子不斷改變。

人們在河的一邊建了一面高大的堤壩，讓水從中流過。
接著開始在另一邊建造同樣的大壩。
「為什麼要蓋這麼高的堤壩？水道都被堵住了……」
兩隻水獺傷心得快要哭了，但人們不在意，還是繼續施工。
夏天過了，秋天也過去，直到冬天人們才終於完工。
原本潺潺的河水被高大的水壩攔住去路，再也無法流動。

「唉！水流太慢了。」

「都是因為那個水壩。 到底為什麼要做出那種東西？」

每次進入水中， 水獺都會抱怨。

雖然水很深， 但流速太慢， 水獺再也不能順著急流玩耍了。

工廠流出的髒水積在水壩裡， 發出惡臭。

「這又是什麼？ 我不想吃這個。」
水獺皺著眉頭， 看著在地面上扭動的紅蟲。

當水停止流動時， 被水帶來的泥土就堆積在河底，
形成泥巴堆， 並且長出密密麻麻的紅蟲。

「再過一陣子寶寶就要出生了 …… 我們該怎麼辦才好？」
水獺看起來憂心忡忡，
他們想在一個好的環境中撫養孩子。

「這是什麼動物？
也不是魚，到底是什麼？」

看了看苔蘚蟲，
兩隻水獺歪著頭，
咬了一口就立刻吐了出來。
軟呼呼的，味道也很噁心，
這東西根本不能吃。

「以前這裡很棒，但現在，
光是來這就讓我心情很差！」
水獺只能在漂著苔蘚蟲的河中捉魚吃。

春天過去了，在五月快要結束的時候，
水獺生了四隻可愛的小寶寶。
「哇，我可愛的寶寶！希望你們都能健康的長大！」
水獺寶寶喝著媽媽的奶，一天天長大。

「你們等著，我去給你們捉好吃的魚。」
等小水獺長大一些，水獺爸媽就忙著捉魚來餵他們，
一天得往返河邊幾十趟，忙得不可開交。

小水獺快速的成長， 在這段日子裡，
天氣變得愈來愈熱， 河水的溫度漸漸升高，
奇怪的是， 水的顏色也一點一點發生了變化。

「為什麼會這樣？水變綠了！」
「 但是孩子們也到了該下水的時候了……」
「 裡面都是非常小的綠色植物。」

這種若隱若現的綠色藻類愈多， 水的顏色就愈深，
不僅如此， 河水還散發出噁心的氣味。
隨著情況愈嚴重， 水獺爸媽就愈擔心，
他們很難決定是否能讓孩子們下水。

第二天，太陽剛剛升起的時候，
「我們捉到魚了！」
小水獺大喊，各自咬來一條大魚。

「等等， 你們怎麼會捉到這麼大的魚？」
「魚在水上玩， 我們就捉到啦。」
「這是什麼意思？」
水獺爸媽嚇了一跳， 從洞裡出來看個究竟。

「天啊！」水獺一家走到河邊，只見魚兒紛紛翻肚，
漂在水面上，嘴巴痛苦的一張一閉。
由於河裡藻類過多，魚兒因為缺氧而無法待在水中。

「水太髒了，魚都快死了。」
「不能給孩子們吃死魚啊，我們還是搬家吧？」
「帶著孩子們，要怎麼搬家呢？」
水獺爸媽看著到處漂浮的魚，
沒有半點食慾，只有煩惱。

傍晚，數不清的死魚被沖上岸。

鯽魚、鰷魚、烏魚、鯰魚、鯉魚……
隨著時間流逝，死魚愈來愈多。
水裡缺乏氧氣，不需要氧氣就能夠生存的
細菌變多，這些細菌會釋放出毒素，使得
魚兒再也受不了而死去。

「太難受了！我們一定得搬家！」

水獺爸媽帶著四隻小水獺離開這裡，去尋找新的家。

哪裡可以讓水獺一家幸福的生活呢？
小水獺能順利到達那裡嗎？

綠藻，夏日清澈河水的不速之客

清澈的河水使我們快樂。

你可以在炎熱的夏日到淺灘戲水，也可以去游泳，還可以看到魚兒輕輕的游來游去。河流中存在著許多不同型態的生命，很多人都喜歡在夏天去河邊玩。

但，如果河裡都是藻類，那該怎麼辦？

藻類會讓生活在水中的魚無法生存，鯽魚、鯉魚、鯀魚……牠們會通通死去，連貝類都無法存活。當水溫持續在25℃以上、水中又有很多汙染物時，綠藻就會不停生長，這種現象經常發生在水流不快的河域。如果藻類覆蓋在水面上，陽光就無法進入水中，最終連氧氣也無法進入水裡。

「缺氧會讓呼吸變得困難！呼！呼！」

生活在水中的生命若缺乏氧氣，終究會死去。如果你去到綠藻繁殖過度嚴重的地方，會聞到難聞的氣味——那是生物死去和腐爛的氣味，代表生態系統已經遭到破壞。

人也會因此受到傷害嗎？

是的。當河流生態受到破壞，你就無法在炎熱的夏天，到涼爽的水中玩耍，因為會聞到腐爛的味道。你甚至沒辦法看到魚兒，因為所有的魚都死了。另外，如果你喝了含有綠藻的水，你會感到很嚴重的胃痛，也可能會拉肚子；長期喝這種水，甚至可

能導致死亡。

　　你有沒有在新聞中看過，魚因為藻類而成群死去？每當我看到這種新聞，都會很難過。藻類大量繁殖，主要是因為人們的自私：當人們排放汙水，或是建造水壩以減緩水流時，通常會導致藻類大量出現。水獺和魚也會很傷心，因為牠們不得不搬家，連生命也會受到威脅。

　　那麼，我們可以做些什麼來防止藻類的危害呢？

　　我們要認識大自然的重要性，不隨意排放髒水，也不要破壞大自然的原始外觀，這才是保護水中生命的方式，也是讓我們獲得快樂的方法。當你看到清澈的河水圍繞山腳時，你會不禁由衷的感到高興；當你看到魚兒輕輕悠游時，你會不由自主的發出歡呼：「哇，是小魚耶！」

　　為了清澈的水資源，我們一起互相約定：絕不將垃圾扔進溪流、河流或湖泊！

柳多情